カピバラノート

呼吸する家
浅い　体と　深い　森
畦道を　涅槃で　是空
鳴かず飛ばず　産むクスリ　まぼろし

問いかけ　ゲーム　何時までも
詠月の　サンドパークが　息途切れ

弛やかな　節々　果実　祭日
夜になるとやってきてしまう
足しげく通う　ラビリンス
並ぶ　手品と意図汲み　エッフェル
テンタウル　ここは　西陽の　袂

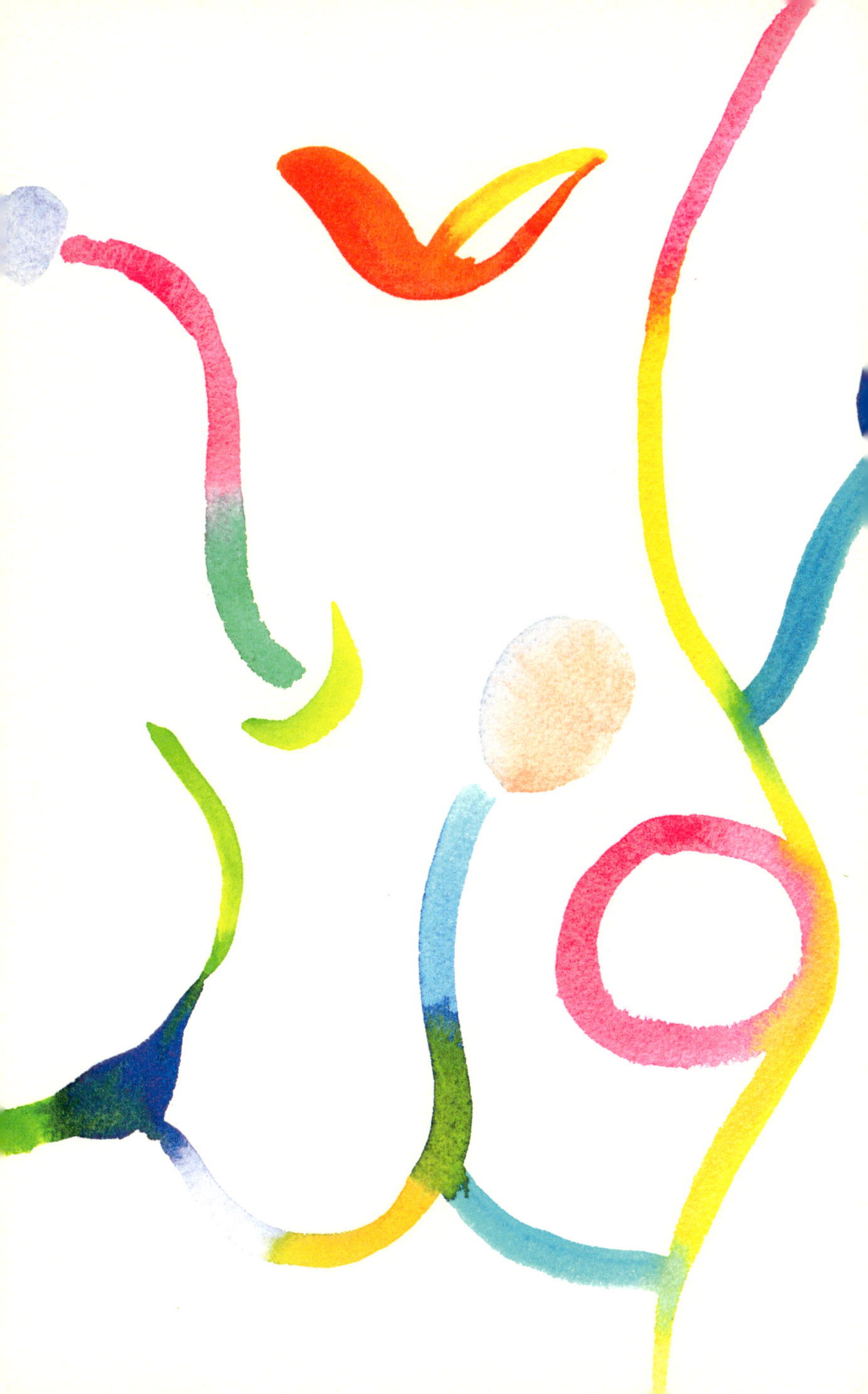

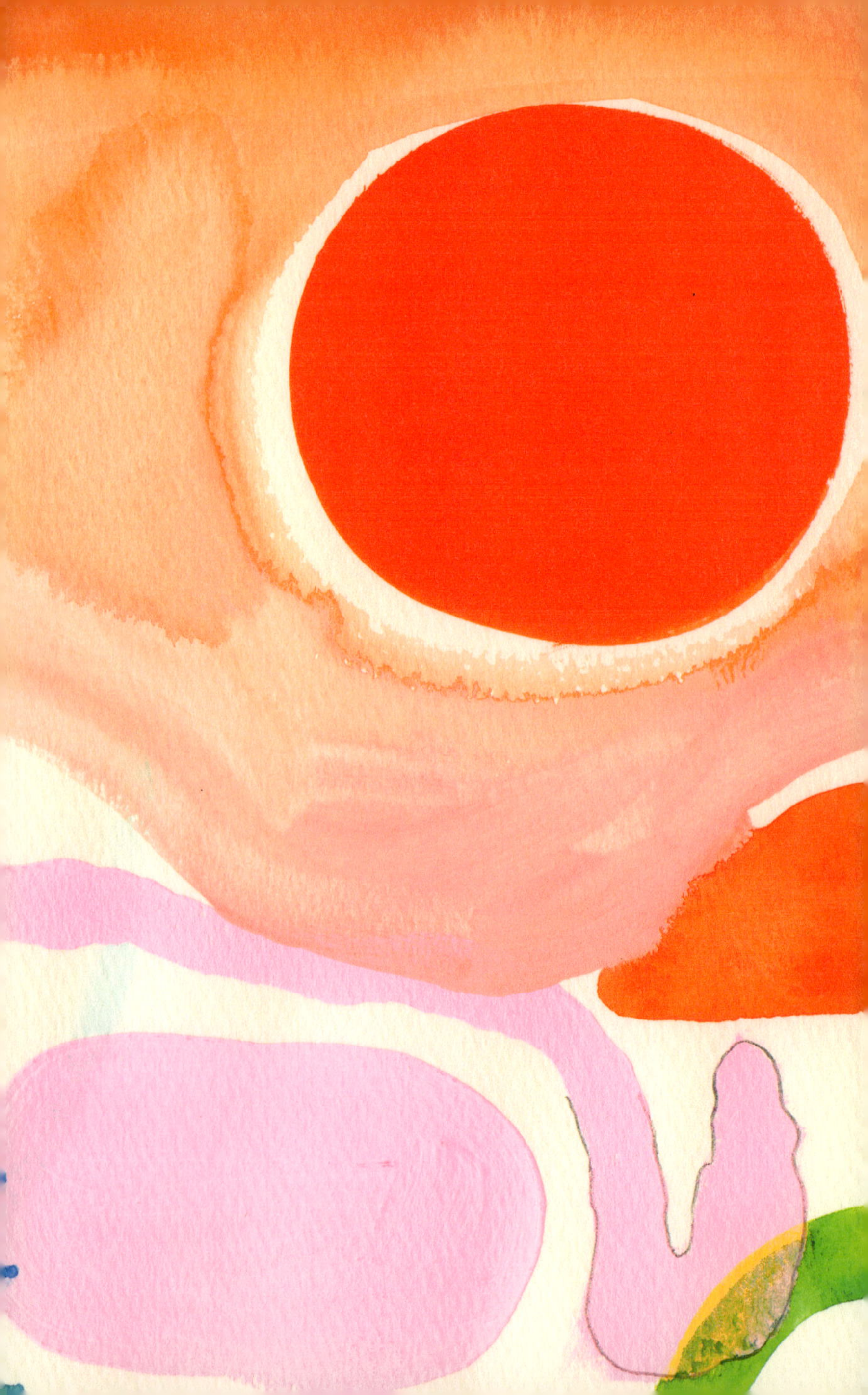

ははは　夏みかん
まったくの　デフォルメ
近視眼　ローライズ
気まぐれ魔神は暗澹と
大仏峠　死に化粧
南陸　ううつの　ブレーメン
テスタ　ハウメニ　ラー油さし
仕組んだら　パン抱き
じっと　目を閉じ
診察は5時まで
一生会議
裂くばかりの　渋面たらし
味みたい　隔離した
メタ構図　患者　囲炉裏端　もしもし
カピバラを育てたい

頬紅射すあの頃
今しがた　落陽
へつる　ピアノ　ロープ
炊いたんだ　雛罌粟
変幻　自在
ノート　ミーツ　金木犀
傾いでた　秘密　ホイル
ぼった　駆け馳せる
目配り　びんろうじゅに　翼
類まれな　ネオン　タイ　沿わ
木造りの　エメラルド
粗密　あらわ　此岸で　でたらめな　音楽
掲げよ　背に　比類なき
電話　眠たき　泡の　姪子

アーモンドが　たべたい
ミサイル
譜面　ラ
剃刀　グンナイ　角
どギャル　皮肉んな
受波　布　一文字に　冷やした
リアル　顕在　にらもやし
フリだね　カッチカチ　クリシュナ
補佐　恋寝る編　酪農
まいう　蝦夷鹿と　黄緑蒲鉾
本殿にて　償い舞　クール便
マラカス　謀反　造　出かせぎ便
溶き卵串　はしか　鵺が
ドラマツルギー　日本　熱
アニョハセヨ　海人　隔遠の
よたがらす　風は　伯母を　癒した

コーヒーたてたら
霧雨しようか　つらり
未成分の　叉意識を
守る　杯　とどこうと
弧はな　発明の　テイクアウト
卍《かざぐるま》
低反発　足すま　膠原とみに
もっか鍬　セーキ化まぶた
鈴のネオン　背負い投げ
かしこくこまるなめくじ揶揄
追美する　日が空き　替えのすげ　苦い

ベビー　ベビー　ベビー！
ぬり枕　手もたれ
うっく　スズメ
ねじ歩く　現在　ほうら！
よちよち　ごっ茶　ら
まっしろに　食べつくせ。
不思議な　緩慢
緊迫の　発育ショコラーゼ
ふふい　オリギナル
母子みな、訳嘘知らズで
甘美なイマ　今世水いらず！

ウッキー　幸せは
どこに？　人しるす
運水行雲　わっかない
親愛の　とこや
こないだの　給茶
快哉！　ピンナップ
愁い、そして発芽
氷売り歩き　綿毛
ムラ爽ぎ　春　小川
対話セーション　ムービー　声色

あなた　チャーミング
そっくり　木綿の　折り鶴　髪染め
舌出し　センス　丁度よく
イルカのジャンプ　ハネ軽く
信託
つるべに　お多福
感じかた　非凡に　まんべんなく　アムール
そうか　今日は　急ぎ足
ケガしたら　直し
際し　懇切の　おっきなくじら雲
期待します　愛情とても　ヒーリング
今しがた　お茶淹れた

きみと　Tuesday
だいすきひばり
ミシンの男　サクサク
脈　つづる　電話昨日が
拍　愛護サフランの
会えばわかるさ　気ままな
下調べ　手足口　ビミョーな
感謝して　へけっ

恋しています
片想い　拙い飛沫
コッペパンつねって　拾い読み
だんだんベル　おかしなチャイム
くたばりそうな　甘夜暇お菓子
はい無　ない夢　説けないムード
ラブフロート　浮かんではアスク
欲す　謎なぞと守り神　ひかりの加湿
威勢は捨て　素直も愛も手こじらせ　完全試合　魔法の味覚
感敏にぐるぐる　トゥナイト星空
柔いきぐるみ　くるまって
牧草のうえ　はだしで　あるくの
アロエのつぶつぶ　感じてる?

# カピバラノート
## もくじ

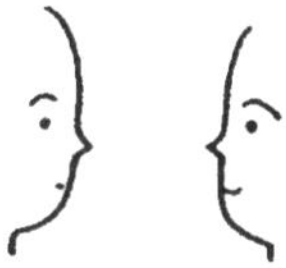

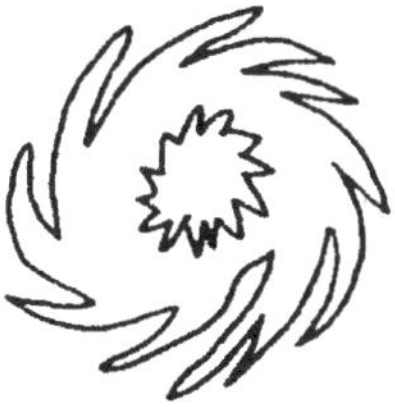



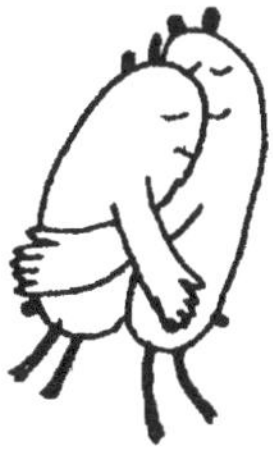



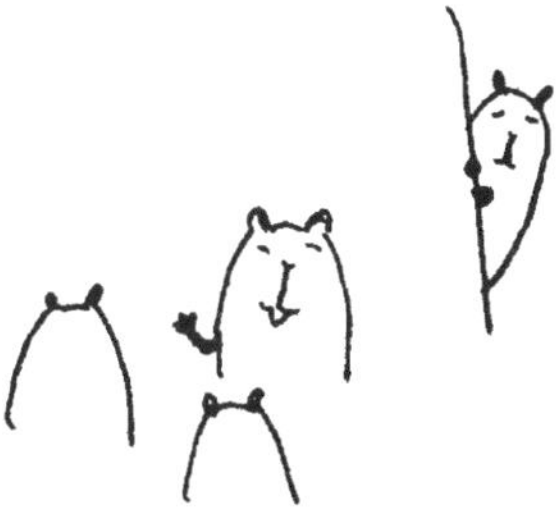



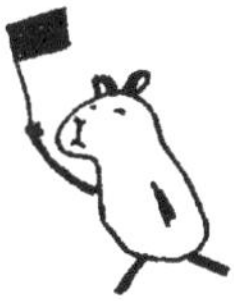



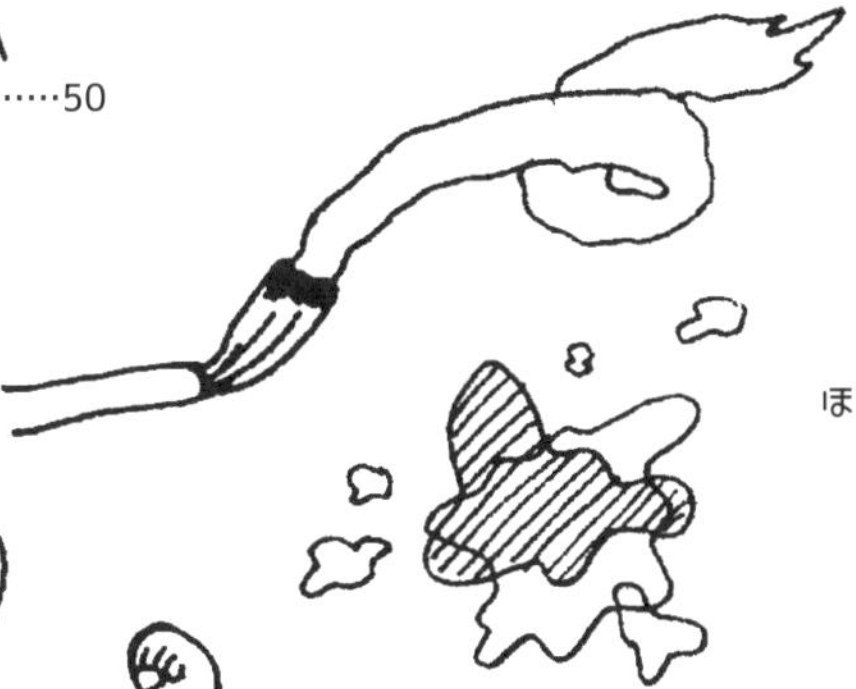



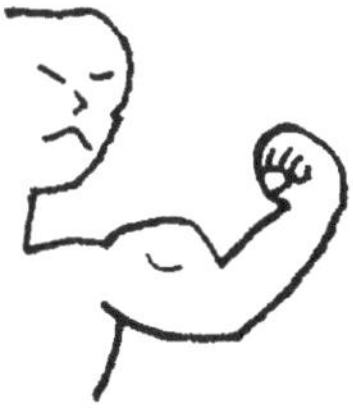



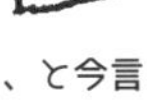



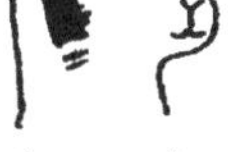



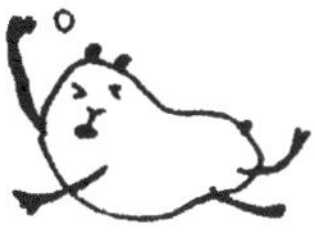



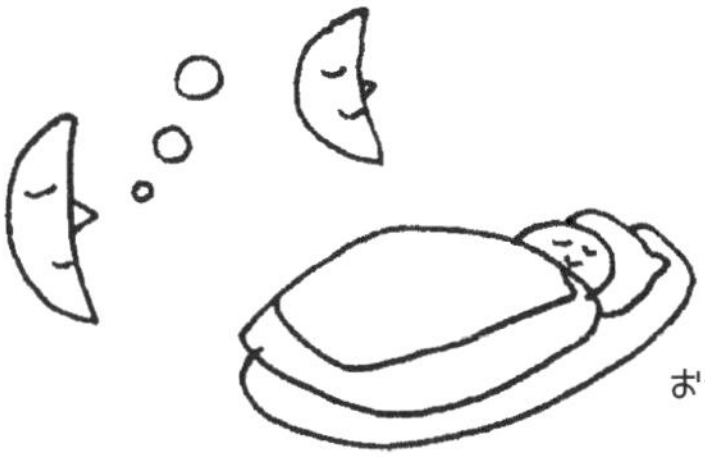

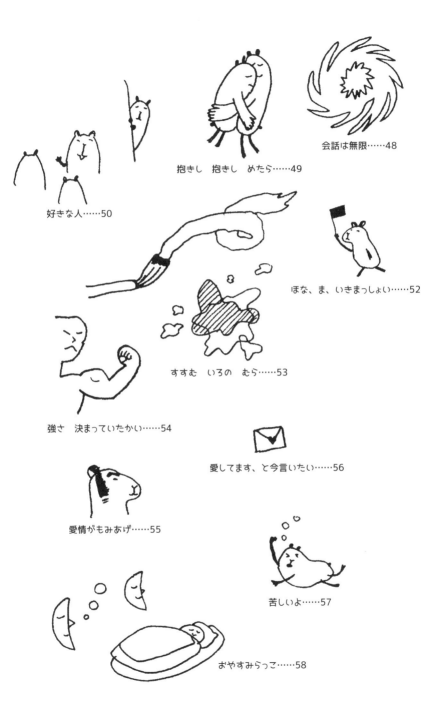

戦場ヶ原で　魔笛を　吹けば
提灯　錯覚で　じたんだ　幻
風詠み　尾っぽを　踏まれて　痺れる
浮舟　ポートレイトが　白秋
芋づる　瀰漫が　筆　洗い流し
コクトー　企て　帆に傷　まがい
夕刻　鶴　は　カーブを描き
側頭　たわんで　目地　粗探し
月見の　涼息　祝いで　鬻ぐ
寡婦　仁丹の　匂いきれ　やさぐれ
薔薇模様　朝鮮は　まだ蹲り
待避行動　近道は　スワンボート
音色に合わせて　今ここで　ワルツを

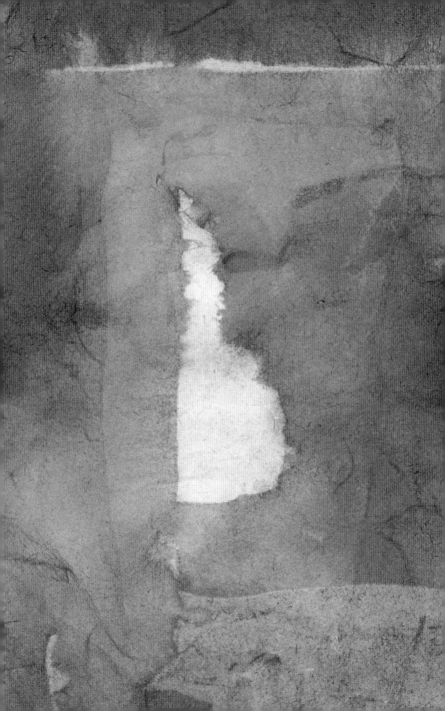

アート　なにか魔術的なもの
忘れ片言の　モッツァレラ
こだわり　額の　味覚の
散文と　オウル　実体の些末　ミラー
気空　半開きと　情緒　つくよみ
ローザンヌ羊歯は　銀蝿の
音通不審で　軽薄に　妙
みがまえる　焦れっと　押しつ　引き際
飼い倣わしを　綿布の　またがりを
空想　おたまじゃくし半死斑状

深く　君を吸い込んだ
波　渡世沈まんと忍ぶ　ぼう杭
変わらずも　変えられずやも　下搏の持ちこたえ
えい　夜は　いない
もう　朝は　優しく
君の粒子を含んだこのまばらなイントネーションの世界の中から。

チャンネル　君を繋げた　居るつもり　緩やかな社会の中で
不適切な　意志の　腐敗した記憶　マンガン電池で
白紙に愚かに君を描く。シュガートローチ　眼を冷ませ！

くり返し　眺める
喜劇の　海の　アナグラム
捨仏　むろたわる　砂銀
さえずる　異母空
神秘的　風のうわさで
炊き挙げる　不味ささ
個人道　ライラックの嘘の実
かいカップル　変か　背垢
たおわわわ　スヌーズ
ダフリ　ドレミ　歯が抜けの
検温　シャイニーズ　漢字狂

存在という相互浸透の
たぷたぷの　アメフラシ
合わせ鏡で　韻をこぼし
枯れ葉の　重ない　雨を吸う厚み

しりつぼみのテーマ曲
ワルかった英雄
家訓を　ねぇ　大木を
際限なさを　膝を　うちあおぐ

ぼくらは　悲しさを待たずに　尖る　迸りキズのキラキラで、見つかる
騙し合いは種目だった。恋はサイエンス　感覚さえミリグラム単位で図られ
いっときのとまどいも　華やかな光印も
確かな地盤に固着してしまう
からだが流れていく
意思は、全脳を囀り、後ろ縄手、粛々と息をする。
あえかな旅、愛拾い

空気の入れ替えの頻度
わづかな対応策
くじけるつもりもないが
半開き
少しのコンデショニング
壊し換え
繰り払い
都合が　耽々と仕儀　すべからくハモります
ジャーニー　して穂ゆる　稲葉の収穫祭
声にならない語りかけ
腹の奥のスクリーム
捧げる感応、くべる薪は　次代を紡ぐ
連なる　布陣　我々市民は
ツヅキとイマを地続きで
悪魔の囁きを　除去しよう
満全　きっぱりと
清か　配る「意」

ただ、からたぽのこの部屋で
目薬　愛の愛の　手作り
月が見れ　死ぬ気の　タオル　哲パイプ
らら　引っこ抜かれ〜　満点のセミですよ
マウンテン　よし　洛中柳水のごとし　ならば
何遍も　霞を捕らえ　志摩を磨き
売れそうになったオレンジ　餞別の丘陵　おさげの泪
嗚呼、こうして枠を経て、
矢継ぎ早にて　煌煌茶会
大概は　花咲く　未星　カマー
窓のない小部屋で　転奏　生憎

くつろいでいる（かの様な）
生命の本質は　緊張の糸
それでいて豊沃　汲めども尽きぬ
君の　磁場　育てて招来
骨まで愛しい
かぶりもの　らしい
これでもか　根性　指折り
お墨付きのポーション　酵素
だいすき　大豆のような　健康的のコツ
エイジング　名残惜しいか　楽しみか
さしずめ　まめな　菜園ス

見えないもの
時を越えて　かの
日よ　まざり　くずれ　かたまり
収穫は　ひらいた　絆の

Our　眼差しを
記銘されし　コラージュの
ホイ！　とろけたミラージュ
赤の　馬灯　臓気　おさらのまうら
ままならぬ、あい
たましいの、マイ

そう、ならね
廻り合うだろう　過去も
飛来　いまいちど　タクトを振るかな

なにかしら
不安定な椅子よ
こしらえる　足場を
垣根を越えて
言う
割りふりかまわず
まどろむ　出合いに
あからさまな　宛のない希望も
今、確めて
かわらぬ日常の
たいせつなおもみ

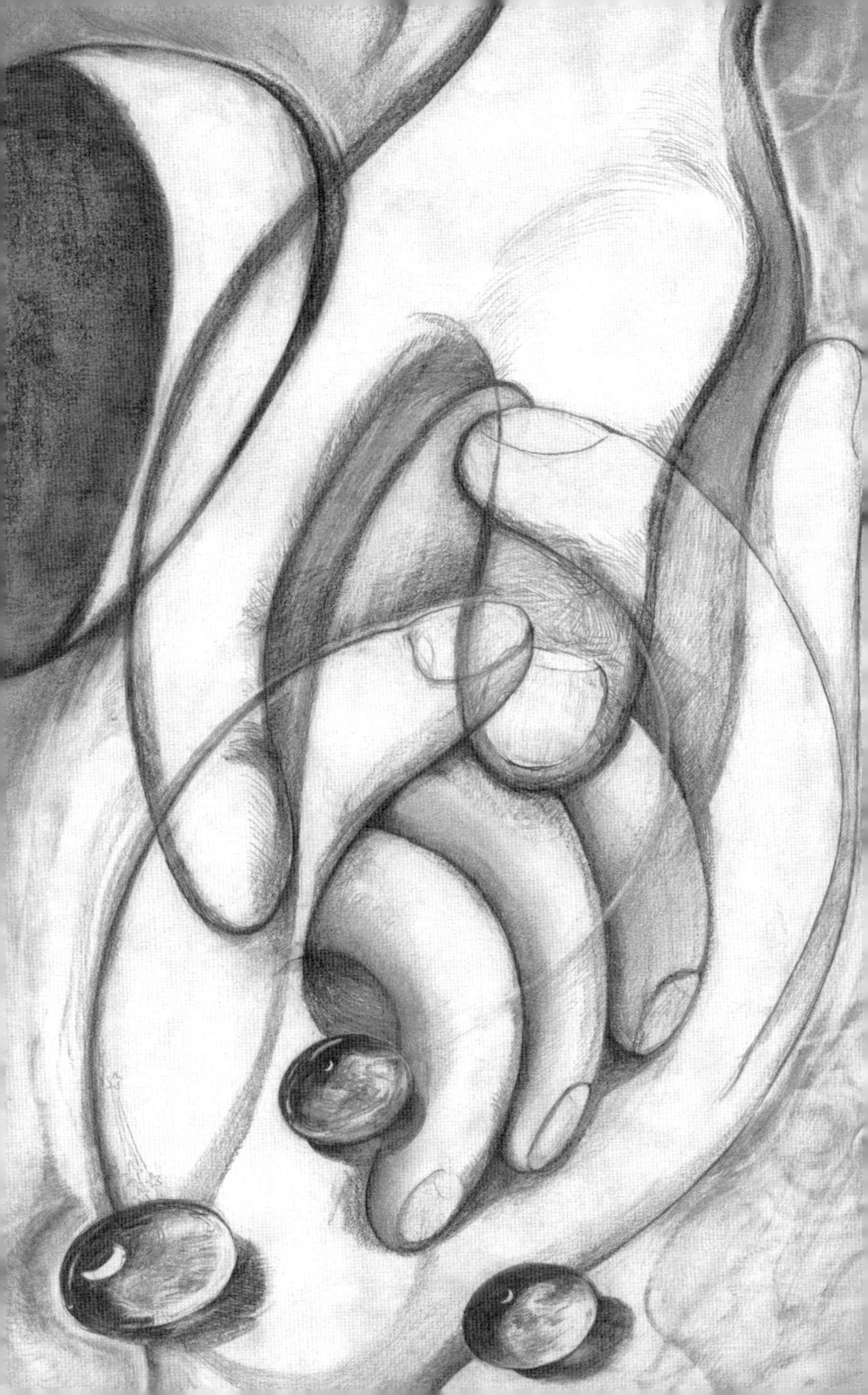

亜麻色のすずり　めづらし
汗バウム　外は雨
汚いボンベ　厚底の農婦
妬けて雫　つたう身違え
気候からがら　アルカリ過濾歩道合わせりの
王宮さくら暗の加護
アメリカの　鴿　黍と
噓ね　イメイジのハレー　山椒は
咲き興る手前　つめづめのアケビの　かかごらが
あしくびの日暮れ　融通都庁らの模擬タイル
在りか付け睫の　ハロゲン膝シフォンの　さながら　丑は
軽く去る$\beta$　胡乱なまなぐらリップでい

お人好しは　鉄板の下に
ゼラチン気質　婦人公論
こち　喰わせ　宿題
ピン甓　しがない　うがいかい？
みじん気っ風　腰が痒い
キラキラの　たぶん煤け　赤毛猿　人工芝ギャラガー
憎き　反省文不正
目地　園地　チュッパチャップス
ふくろ責め　珈琲にする？

ポイント2倍
屈強なのどぼとけ
全　いりの　スパッツ
からげの　図版かんかん照りの
月謝ハンガリーの卵
オンブズドマン　障害者
ひらいたの　アドア
死角照し　S　もどし
くいっしん坊　野原のはだし
一反もめんと　フェミニズム
ぶれたら菖蒲　アタックチャンス

恋にうつつ
矧がしたらみだら
アミダラ　無法者
もう　喰わせもの　チョコ細工
発禁　クルクルとミルク
拾う蜘蛛　まぎれ　やくざな
あわれんぼう　たおした　マハラジャ
ニーキュッパ　ゴーサイン　珠玉のランチプレート
幇助　さまたげは　もうとうに
甘いアナ　またたび嗅いで　痛いワナ

予め決められた恋人たちへ
ぬるめのピンクシャボン
三歩あるいたら　明かす
暮れないベントレーと写真部
普通の星空が匂わす
ランプ　冷やあしあとは気泡
かつて　不透明だった部品も
香炉　せわしなく　指つっぱった

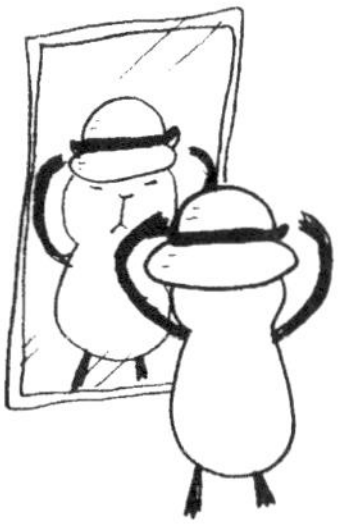

女の子のデザイン
はからいが魅力の　背首
かける　髪　説明はいらズ
ティンパニとボーダー
キークイン　曙光
にわかに　艶　岩　凪
黒い　桜坂　人工芝
別句に　世可を感じて
薙がすまま　案じて
わけぎの春　かたる春
ヒロイン　助く　彼のシーズン

どーぎーまーぎー
工面　小細工
塩レモン　手切れに
巧妙　ちょモザイク
はずかし　メンズ
適宜　点数は？
SとMとL　こないだのユメ
トースト　バタフライ　言わせんが
よう　茶々丸　掃除なさい
ひっぱりの法則　立派なテラコスタ
善悪の彼岸　できみとひなたぼっこ

気持ち　朝
例えてルアー　秒針の
諸外国　リリース　空絵
心臓る　昴る　ほっと
すずめ橋　海苔ホップ
親切パンパンの　玉子
孫の手　生むべきは
タラップ　ふっと　漫才
ゴロケチャップの　蓋　首尾は
埋もれ　信玄の　力こぶ
ホタルイカ　春雪の

またページをめくる
日長の　甘酢い
ご冗談　うまく　含める
起案に　負う　無効　はつまり
ダンロップと　葉房　土用
えじろいだ　踏みにずム　ぐらり
権現山で　ハンカチキャップ
村井戸　わど緯度　ごつん　ねぶたが
再臨　じゃが　エゴイズム
目に海女　クレヨン　瑠璃イスム

ときどき　どきどき
はにかむ　テスト
そっけない　きみのね
傍線を　眺めている
となりへ　行きたいのが
ひっくるり　地球の真裏だ
果たそうとする　心境で
頼もう　得手不手　オリジナル
サンスクリット　壁面に
描いた　ことわり　道筋を
絶えず聴こえる　うららかな
心象　秘めやかな　逃避行

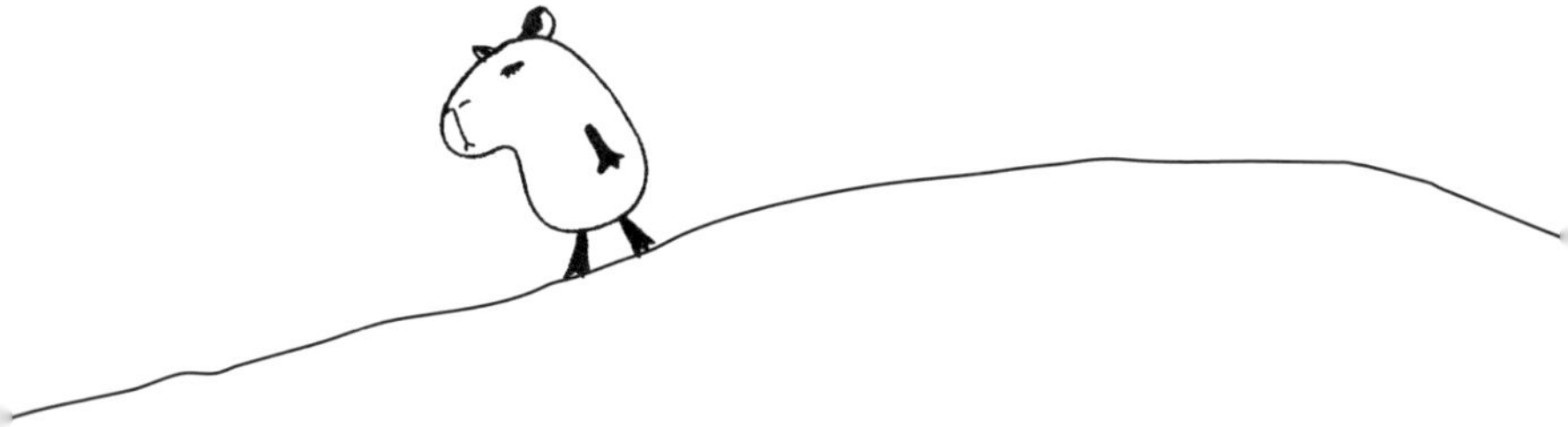

しるべ　欲と格闘

邂逅　詭弁ならざる胸のうち

会話は無限

人知れず　履くオモロい
ぷぃと青ネギの皮折れ　居辛い
ショート2分でツッコんだ　晴れやか
天候　ハト知らず　街は　輝か
人もみなプライム　ネオン　尺息の便り
眼がね　鼻も　つづく肌へ
吸煙の鶏冠　ネバつくセーラー　式の意気
考える虫　かぶとり　ソロバン　栗　小粒
逸念法則　ラックに出べそ
あらよあらよと尖りバスト
東洋　日も隠れる　憧れから
スマートな旅路を　待て友を

抱きし　抱きし　めたら
離ればなれ　繭のなか
かわるがわる　とけあい

意識のなか　さまよい　・・・

レモンティの香り　広い
翡翠色のコールスロー
磁石の　いつ　だれ　どこ
まったくの　暗夜航路　丈長く　曰く
へその　うずの　疼く　勘違いだらけの中から
起想
真実を探り当て　軽快なステップで
急ぐことも　止まることも
なだらかな斜面を　なぜる　なぜなら
聴けばいい　河のほとりの　しずかな息を

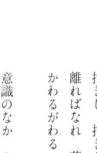

好きな人
それだけサーチ　何時だって
再訪　となりの、憩いひと
つねって果汁　間接の想い
クールで辛い　透けたひと
あげあしからかい　せめてもと
到底かなわぬ　ひろいひと
キュア　環飾りの
てまねき　コアで
ずるい　幸せをくれるひと

ほな　ま、いきましょい
邁進ドわすれ
ゲッタウェイ　ハーフマラソン

すすむ　いろの　むら
まっ正道　ココ調　連符
タイピスト自然に　直る居　サテライト
やまおくの　わきみずの
癒妙かおるかな　夏雅の
朝水色とりどり　織り成す木暮は
ひっきりなしに　ぼくを呼ぶよな
コンピ　記憶の　レインボゥ
再おさらい　めだかの　集合意識は

窓くらい　開け放って
暮らすね　上と下　香る　花野菜

強さ　決まっていたかい
みなしごの　だいだい　みどり
新日路　手繋いだら　朱色
日一報と汚辱　がんかんとエルザは
街　基塁とジャーク　灰汁が湧く　船出　胃もたへ
さ迷い　出向いた少子たへ　腹這いになった瞑り　車酔い
胡弓　偲びやかにパピオン　そしたら肥大　ラップする　貝
機序は　夙に　索ならば
ラクだ　反目皆美に畏怖わだ

愛情がもみあげ
ひとしお　日本産
美品　マフィン　うるわしの
霧　さくら　肩包み
雰囲気染めり　一時消灯
粉みりんの　カーポ　このみの
もどかしがる　ミルキーウェイ
おさしかげん　うかりかげん
空砲に　心配なく
エイトビートに奇蹟をのせて
かぶさる浮き名
考る　塵は
また　どんな？　ハックルベリー

愛していますと、と今言いたい
そんな　独り言

苦しいよ
この想いが
言い訳がない　求めている
ただすれ違い　こころが繋がっているならば　この想い
ムダじゃないはず　でも
あなたが心臓みたいな
すかさず押し殺して笑うかな
せつない　そっと降る雨も
あざやか　心に　沁みるから

おやすみ　らっこ
孵化したら　ベイク　スマイル
循環の木肌を　ざらしと挨抱いて
パサつく冬の染み陽　やけ　砕けたあと　蓄う
桃のひかり　顆リミナル油脂
隠し　沫となる　その音、終電貨物

人生に揺られて　湊もすたれ
寝床に吸い付く　中低音
混ぜては　約束の　その淡い吐息
トルマリン虚夢相　安眠を

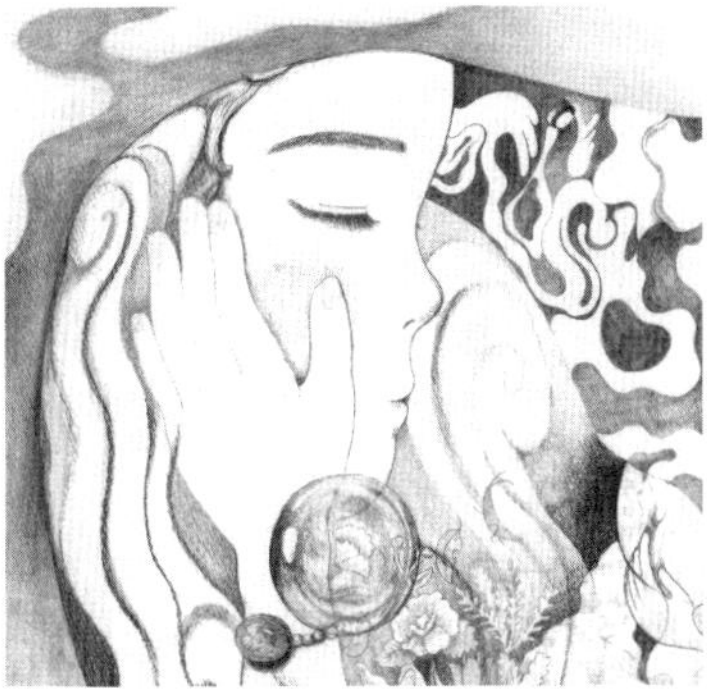

Date　.　.

自由帳

Date　.　.

Date　.　.

Date . .

Date　.　.

Date . .

Date . .

Date　.　.

# あとがき

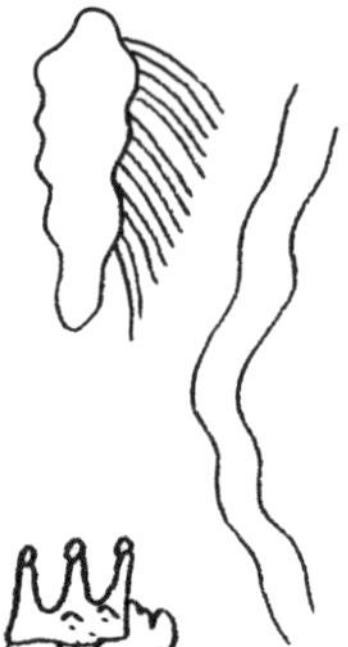

彼のつじつまを合わせぬ言葉の連なりが
心の中に新たな風景をみせてくれた。
こんなに自然に気を楽に絵が描けて
とても嬉しいです。

林友深

さんきゅ〜
ありがとう

彼の詩は不思議です。
文にも単語にも意味がのってない。
それは、読み手の心に全てを委ねているから
なのでしょう。
様々な色を油で溶かし塗り足しかため重ねて
全体を想像する。まさに絵画のように
彼は詩をつけることを愉しんでいるようです。

©
2018
7.19

お気に入りの詩 声に出して読みたい
「好きなん」「ときどきどきどき」「お人好しは鉄板の上に」

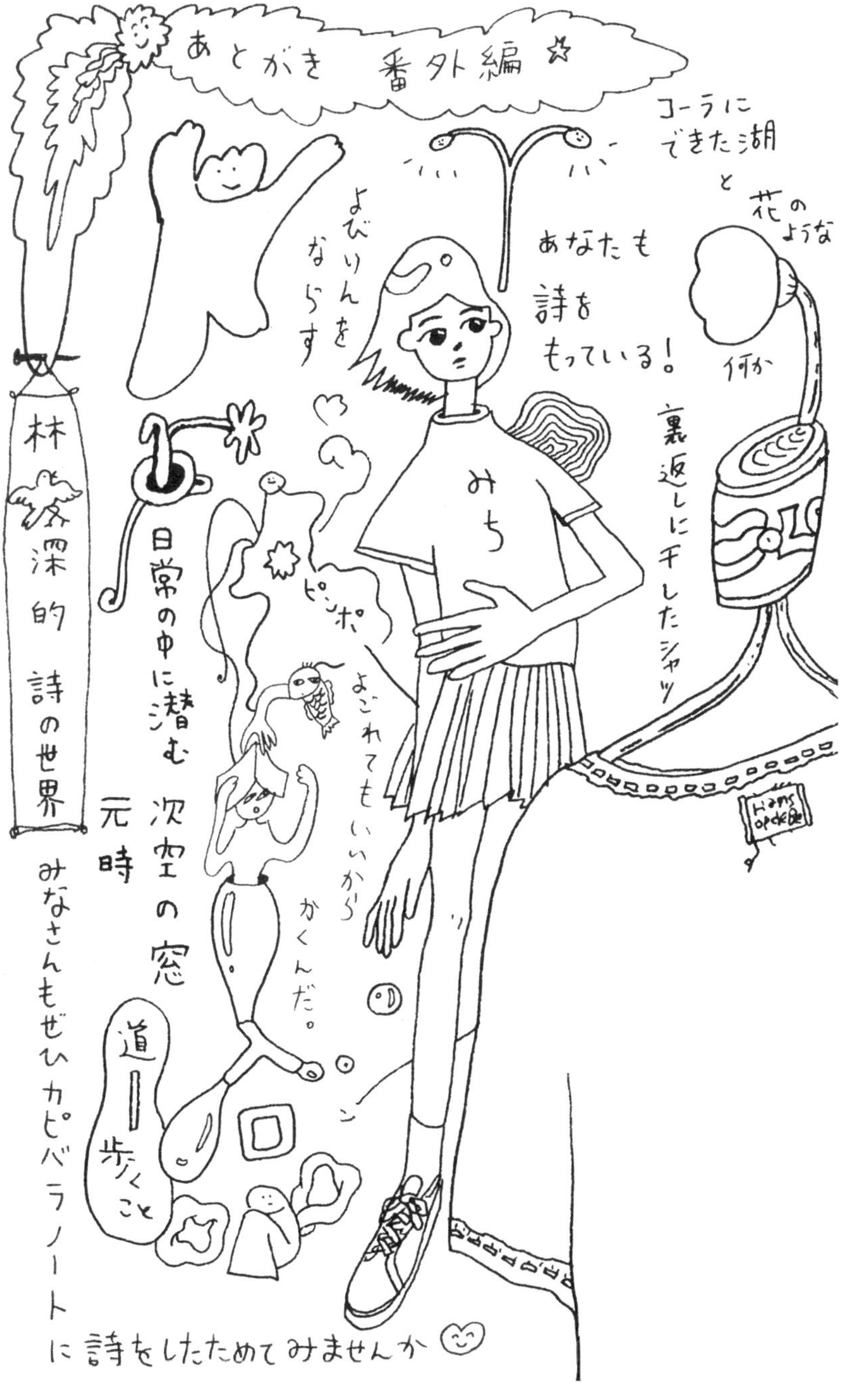

あとがき　番外編☆
コーラにできた湖
と
花のような
何か
あなたも
詩を
もっている！
よびりんをならす
みち
裏返しに干したシャツ
林深的
詩の世界
日常の中に潜む
次元
時空の窓
ピンポン
よごれてもいいから
かくんだ。
道ー歩くこと
みなさんもぜひカピバラノートに詩をしたためてみませんか

# あとがき

何の因果かは知れず、せっせと日々詩を書いている。書いたからには本にしたい、という私の三冊目のこの本は、旧友で尊敬する画家である林友深さんに絵をお願いした。はじめはダメ元でお願いしたところ、返ってきたのは快い返事とともに私の拙い詩に合わせて、これとない程の力作を差し出してくださった。誠に有り難い。

一体に、本やその他の物でも、何かを作っていくとき、「私が」という自意識はほとんどない。工程にたくさんの人が関わっていると尚のこと、この文を書くという行為ひとつをとっても無意識裡には自分の立ち位置を縁のある方々との関係性に依拠しており、また日常ときにはこころに犇めく肩のすき間を縫うようにして、息を止め身をねじ込む場面もあろう。

今回の詩たちは、そんな人間の精神の奥深さや多層性。もし誰かを想うとき、たとえその想いは届かなくとも、根底で通じ合えているという「つながり」を描いた。私たちの身近には、多かれ少なかれ、他者という扉が息づいており、そこにほっと安堵できるとともにまた、だからこそ、気が抜けないというこの楽しい日常なのであろう。

林さんへ

「今回、二人だからできた価値があったね。二重にも三重にも互いの視点をいききして意見を交わす。そうして出来上がった本があり、また皆さんがこうして少しでも読んでくださったという事実が、間違いなく私たちを明日へ運んでいく。出会ったころから続いてきたこの道は、気づけば真の、創造の道だった」

杉山 悟

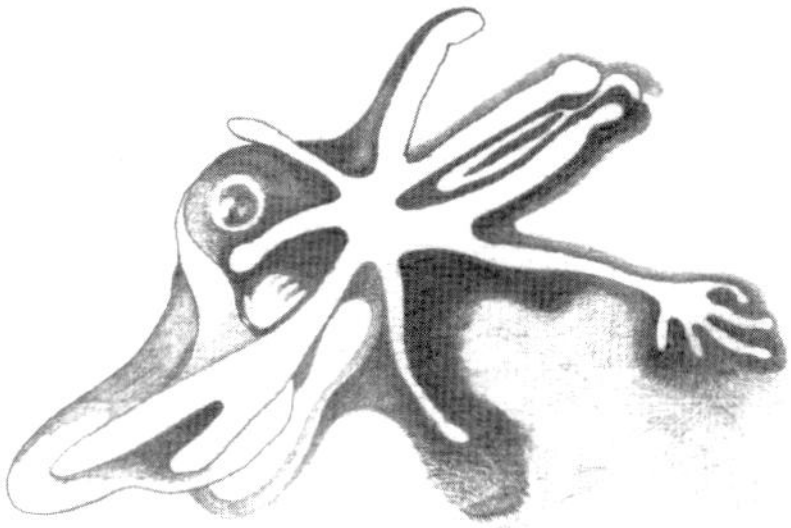

**杉山 悟**
すぎやまさとる
1988年5月29日生まれ。
美術系の高校にて同学年の林友深とであう。バンド活動などの交流を経て、二人はいったん別の道へ。「独学」「アウトサイダー」そんな存在にあこがれ、紆余曲折のすえ詩集を出版、絵画の個展を三回開いた。チャレンジ精神旺盛で恋愛にはすこしオクテな３０男子。2016年「スキッゾフレニアデイズ」（文芸社）、2017年「寓居」（ポエムピース）

**林 友深** はやしともみ
神奈川県川崎市出身 東京藝術大学美術研究科先端芸術表現専攻修士課程修了。「目に見えないエネルギーを描く」ことを主軸に絵画・陶器・ロゴデザイン・絵本制作など、広がりのある創作活動をしている。また、高校や絵画造形教室や個別指導など、さまざまな年齢の人たちにお絵描きを教えている。座右の銘は「愛と夢とリラックス　それで自我を越える」 2018年 クレヨンたちが茨城の名所を案内する絵本「クレヨンの旅」（東京書籍）を制作。ウェブサイト :hayashitomomi.com

# カピバラノート

2018年9月20日　初版第1刷

詩　杉山 悟
絵　林 友深
発行人　松崎義行
発行　ポエムピース
東京都杉並区高円寺南4-26-5 YSビル3F 〒166-0003
TEL03-5913-9172　FAX03-5913-8011
印刷・製本　株式会社上野印刷所
編集　川口光代
装幀　堀川さゆり

ISBN978-4-908827-42-6 C0095